ORLANDO DE CARVALHO

Escritos

PÁGINAS DE CRIAÇÃO
I

ARQUEOLOGIA
(Poemas de 1944 a 1959)

LIVRARIA ALMEDINA
COIMBRA – 1998

TÍTULO:	ESCRITOS PÁGINAS DE CRIAÇÃO I
AUTOR:	ORLANDO DE CARVALHO
EDITOR:	LIVRARIA ALMEDINA – COIMBRA
DISTRIBUIDORES:	LIVRARIA ALMEDINA ARCO DE ALMEDINA, 15 TELEF. (039) 851900 FAX (039) 851901 3000 COIMBRA – PORTUGAL Livrarialmedina@mail.telepac.pt LIVRARIA ALMEDINA – PORTO R. DE CEUTA, 79 TELEF. (02) 2059773/2059783 FAX (02) 2026510 4050 PORTO – PORTUGAL EDIÇÕES GLOBO, LDA. R. S. FILIPE NERY, 37-A (AO RATO) TELEF. (01) 3857619 1250 LISBOA – PORTUGAL
EXECUÇÃO GRÁFICA:	G.C. – GRÁFICA DE COIMBRA, LDA. MAIO, 1998
DEPÓSITO LEGAL:	123661/98
	Toda a reprodução desta obra, por fotocópia ou outro qualquer processo, sem prévia autorização escrita do Editor, é ilícita e passível de procedimento judicial contra o infractor

Escritos

PÁGINAS DE CRIAÇÃO
I

ARQUEOLOGIA
(Poemas de 1944 a 1959)

*Ao **António Narino e Silva**
e à memória do **António Martinho do Rosário**
(**Bernardo Santareno**)*

*"Because I do not hope to turn again...
... And what is actual is actual only for one time..."*

T. S. Eliot, *Ash – Wednesday*, I

NÓTULA

Tenho vindo a publicar a minha poesia sem qualquer ordem cronológica, pois **Sobre a Noite e a Vida**, de 1985, colige poemas que vão de 1959 a 1984, quando, que me lembre, já aos 8 anos, ou seja, em 1935, eu compunha versos e entre 1944 e 1959, ou seja, dos 17 aos 32, escrevi poesia não indigna desse nome. O que acontece é que eu quis que o meu primeiro livro fosse paradigmático de como eu entendo e quero a poesia. Mas depois reflecti em que não se faz a poesia que se quer, mas a que se pode, e que, desde que as composições tenham um mínimo de acabamento e valor, não há que furtá-las ao público como medida do nosso *"hacer camino al andar"*. Se desde "Ó ondas do mar/de um verde azulado" de 1935 há muito esboço e esboceto que não resiste a qualquer autocomplacência – horas de aprendizagem solitária e dolorosa em que o eco de certos ritmos, de certas rimas, de certas imagens, gerou em mim esse estertor da razão e do coração que fará da arte da escrita, e da escrita poética, a maior força motivadora do meu organismo humano sensível –, fui conseguindo um grande domínio formal, pois o meu trato era sobretudo com selectas literárias e o prisma dos seleccionadores não primava pela renovação. Recordo-me de só a selecta do 3.º ciclo incluir o Fernando Pessoa e mesmo assim, com muitas restrições... A partir do 7.º ano de Letras e, portanto, dos 15 aos 16 anos é que os horizontes se rasgaram, com a progressiva revelação do modernismo português, a frequência da biblioteca do liceu, o contacto com antologias, e, com a ida para a Universidade, a frequência das bibliotecas dos institutos britânico, francês e italiano, onde então pude ler quanto havia e aparecia. A guerra findava em 1945, mas desde 1944 que nos chegavam os poetas da resistência, sobre que escrevi na **Via Latina** uma pequena nota. A mais da revelação da poesia de Régio, que me marcou profundamente, influiu em mim a poesia brasileira, através da Antologia de Alberto de Serpa, o conhecimento da obra integral(?) de Pessoa, editada por Luís de Montalvor, o versículo de Claudel e, por fim, a poética de Valéry, cujas **Variétés** li a preceito desde 1949.

A minha poesia, de rasgo post-anteriano e pessanhista (a **Clepsidra** pareceu-me, e ainda me parece, dos mais belos livros da língua – ao lado do **Só**, do Cesário e de algum Afonso Duarte), desprendeu-se, pouco a pouco, das formas clássicas (mais da métrica que da rima), ganhando um certo fôlego épico com algum risco de retórico. O contacto com as experiências alemãs e italianas durante os anos 50 afastou-me definitivamente desse versilibrismo um tanto fácil e fútil – sem que conseguisse arrastar-me para o neo-realismo ou para o surrealismo ou para o elitismo dos grupos do momento, como a "Távola redonda", a "Árvore" ou coisa parecida. Fui sempre um isolado e dolorosamente incompreendido. Se nos tempos de estudante e em festas do C.A.D.C., quando frequentava Medicina o António Martinho do Rosário, que se celebrizaria mais tarde como Bernardo Santareno, quando escrevia os seus contos bíblicos o António Narino e Silva, quando Vasco de Lima Couto, em vésperas de entrar no T.E.P., dava ainda alguns recitais em família – nesses tempos que se sucederam à minha Direcção dos **Estudos** (em que eu era subdirector, pois o director nato era o presidente do C.A.D.C.) –, certa aura nimbou as minhas produções poéticas, publicadas, algumas delas, na Revista (*Estrelas do teu sorriso* e *Bacanal*), acontecendo o mesmo no C.O.M. feito em 1949-50 (quando Filipe de Sousa musicou o *Intervalo*), desde então o ambiente tornou-se cada vez mais disfórico, o meu empolgamento sempre menos ingénuo e mais renitente. Eu pouco falava desse meu pendor, mesmo aos amigos mais íntimos, visto que a formatura me separara dos contemporâneos de Escola, dispersando-os pelo país.

Passei a conviver com gente mais ilustre e mais lançada para as letras, como o Vítor Matos e Sá e o Eduardo Lourenço de Faria, mas sem qualquer referência a esse meu vício privado, que seria vício público do primeiro – e notável poeta ele foi – e um como que complexo freudiano no segundo, estimulando muita prosa da sua **Heterodoxia**. A este ousei, num dia de 1952, ler alguns dos meus versos, mas o seu interesse foi nulo ou pouco menos que nulo. Em compensação, tive uma leitora generosa, que quero lembrar aqui, a Maria Benedita de Albuquerque, esposa de Luís de Albuquerque, professor de curso anexo na Faculdade de Ciências e em preparação do seu doutoramento. De todo o modo, foi tudo isto que me levou a abandonar cada vez mais a literatura, dedicando-me de corpo inteiro aos estudos jurídicos – que são, sem dúvida, secantes, no sentido originário do termo, pois não há fonte de Hipocrene que resista à pretensa dogmática das leis – e a interiorizar cada vez mais o medo de "muito bom jurista para poeta e muito bom poeta para jurista"...

Hoje, a estes anos de distância e depois de verificar que as apóstrofes do meu *Ódio* (o primeiro poema de **Sobre a Noite e a Vida**) tiveram mais eco do que a contensão anti-romântica deixaria supor, resolvo recuperar esses quinze anos de poesia, não porque pense que os baús dos artistas são todos para abrir e exaurir – num necrofilismo por vezes lamentável (certas produções de António Botto, se não de Pessoa e do último Régio, pesam-me como um delito) –, mas porque, com as suas características próprias (e que eu hoje rejeito), é possível colher neles alguns acentos e até uma força narrativa e lírica sem a qual é dificilmente inteligível a última parte do meu livro público (a *Ode a Maiakowski* e, sobretudo, *Por sítios sismos signos clandestinos*). O que rejeito obviamente é a sobrecarga de imagens e de imagens explícitas (**x** como **y**), o tradicionalismo não só disso, mas da forma usual – rimas consoantes frequentemente cruzadas, o predomínio, na primeira parte da selecta, de estrofes com quatro, cinco, seis e sete sílabas, num pendor simbolista rés-vés do maneirismo folclórico –, já não falando da temática *"délassée"* e algo *"fin du siècle"* do panteísmo egotista, do erotismo recluso, da incompreensão e da morte. Note-se que, a partir do terceiro poema (*Estrelas do teu sorriso*) e do seu discurso versilibrista, o ritmo abre-se numa métrica que substitui progressivamente o metro silábico das poesias novilatinas pelo metro de acento dominante da poesia alemã e os versos longos, ultrapassando o alexandrino, tornam-se comuns, conferindo aos poemas uma música própria. Desde o décimo poema (*Xenofobia*), as composições passam a ter entre 48 e 125 versos e só quatro delas têm menos de 50. Acresce que os versos de dez e de mais sílabas (nalgum caso, até de 23) são a maioria desde o décimo poema, com pouquíssimas excepções. Podemos falar de duas fases ou tendências: a primeira, já descrita, de 1944, 1945, 1946 e 1948, com ligeiro surto em 1951 com o vigésimo primeiro poema (*Canção triste*) e uma sequela formal nos dois primeiros poemas de 1947 (*Finitude* e *Xenofobia*); a segunda, de 1947, 1951 e 1959, arranca tematicamente do horror à imitação de *Xenofobia* e abre--se, com o 11.º poema (*Narrativa da Transfiguração*), a um desejo de inserção nas grandes lutas do mundo, coerente com a minha atitude filosófico-política da época, tendência que formalmente já se anuncia nas *Estrelas do teu sorriso*, de 1944, e que marca um período épico, com rastos de Péguy e Claudel, e finda, sob o influxo de Valéry, no cultivo do verso modulado, saturado de "sabedoria", que buscam ser *Vesperal* e *Renovo*. Aí se prepara um certo cansaço e receio da retórica que explicam o retorno à redondilha maior e à rima solta de *Grande nocturno*, após o versilibrismo branco e empenhado de *Nem sequer já amor*.

Claro que, apesar do maior classicismo do verso (que orça entre as seis, sete e dez sílabas, com alguma desmontagem gráfica em *Raíz 2*, *Tempo do desprezo*, *Precipício*, *Alentejo* e *Ode a Maiakowski*), **Sobre a Noite e a Vida** está a quilómetros de distância de **Arqueologia** e, se aquele não mereceu especial apreço dos críticos (ou sequer da generalidade dos amigos), este merecê-lo-á muito menos – embora, em face da inciência (e não só incipiência) de 80% do que por aí se publica, a oficina desta "primeira" selecta me não faça corar de vergonha. Cada poema é uma estrutura, com princípio, meio e fim, e princípio e fim não arbitrários ou aleatórios, mas obedecendo a uma necessidade expressivo-anímica que não é, com certeza, desprezível.

A tábua deste livro não respeita, como se vê, uma ordem cronológica, pois não só o sétimo poema (*Fado da vida airada*) é posterior aos nove seguintes – mas tematicamente tinha de caber na I parte e de vir antes de *Finitude* e *Xenofobia* –, senão que a III parte é uma espécie de coda, com o primeiro tema na *Canção triste*, o segundo tema, "transformado", no *Grande nocturno* e uma como que síntese no poema final *De soneto a soneto*.

I
FÓSSEIS

"Conchas, pedrinhas, pedacinhos de ossos"
C. Pessanha, *Clepsidra*, *Venus*, I

1

INÍCIO

Já vegetei nas selvas tropicais,
Tive alma de montanha e de condor,
Trasbordei nas marés, fui areais
E perfumes de cravo e folha e flor.

Fui névoa e oiro e chuva e vendavais,
Suei escravatura e fui senhor,
Besta do mato e letra de missais,
Rio da estepe e cânticos de amor.

Fui a virtude e fui pecado e crime,
Cuspi estrelas e provei destroços,
A graça de viver, pedi-a à morte.

Agora vou... Sei lá! A vaga oprime,
Não deram leme à barca de meus ossos...
Sei lá!... Vou à deriva... Vou à sorte...

1944

2

MINUTO

Um trago de vinho,
Um beijo de lama...
Que a vida se passe
Distante de tudo.

                Ignorem-se os mitos,
                Iludam-se os deuses,
                Que a vida se passe
                Sem raiva nem dó,

Assim nesse breve
Minuto que enlace
Dois corpos unidos
Na sombra de um só.

                De tudo distante,
                De tudo sozinho
                O amor que nos chama...

                Um trago de vinho...
                Um beijo de lama...

                        1944

3

ESTRELAS DO TEU SORRISO

Ó Mãe,
Quem pôs estrelas no teu sorriso?
E quem deu a essas estrelas
Aquela clara luz que hão-de ter, decerto, as velas
Acesas nos altares do paraíso?

Eu vim ao mundo, Mãe,
– Fruto da árvore que ninguém sabe.
Vim. Sei lá donde… Vim.
Rei destronado de qualquer reino do esquecimento,
Apátrida de qualquer país ideal
Situado nas esferas do nevoeiro e do vento.
Fosse o que fosse (talvez nada…), vim.
E tu tiveste pena de mim.
Chamaste-me carne da tua carne.
Beijaste-me na boca.
E viste na minha face alheia
O ar de um certo Deus Menino da Judeia.

Foste boa, Mãe, boa e santa como ninguém.
E. por isso, te chamei: Mãe!

Cresci ao teu luar, regado do teu leite.
Tu eras o meu deus,
A quem aprendi a colocar todos os dias
O amor da minha lâmpada de azeite.

Contavas-me parábolas,
Contavas profecias,
Em que eu era sempre um herói extraordinário,
Uma espécie de Messias,
Sem Pilatos, nem Horto, nem Calvário.

Assim aprendi a ler
No livro do mundo que só fala das coisas bonitas
– O vosso livro, Mães.
E aprendi, principalmente,
A admirar essas estrelas
Tão brilhantes, tão claras,
Como devia ser a luz do paraíso:
As estrelas que alguém pôs no teu sorriso.

Hoje, vê lá... Vê como sou diferente!...
Ensinaste-me só metade, e eles ensinaram-me tudo.
Vi tudo:
A escuridão, essa tristeza turva,
As angústias, o olhar sombrio e doente
De cada coisa tão diferente
Que existe no verso do livro das coisas belas.
Nada há que me agrade
Daquela maneira antiga e calma
Que vê em cada ser
O reflexo límpido da alma.
Nada vejo... senão
(Porquê esta excepção?)
– Traço de sol e de candura que nos toca –
As estrelas que tens na tua boca.

Quem foi, Mãe,
Que acendeu nos teus lábios um sorriso
Da luz que deve haver no paraíso?

1944

4

TERRA DE NINGUÉM

Atrás de mim, perfil de Pedro - Sem,
Deste meu rosto alheio de medalha,
Quanta sombra que vive! Pai e Mãe,
Filhos de reis e filhos da gentalha.

Controvérsia feroz! Aqui, além,
Quanto espectro que luta e que trabalha!
Meu corpo em chaga é terra de ninguém,
Nunca perco nem ganho uma batalha.

Sou abismal; o espaço entre a vitória
E a derrota; aquilo em que difere
Da covardia o louro das capelas.

Sou um meio indif'rente... Em minha história
Ninguém discuta, ou louve ou vitupere,
Ninguém procure escarros nem estrelas.

1944

5

INTERVALO

Trémula cera
Na luz indecisa.
Que dor se gera
E se eterniza?

                Pétala solta
                De luz, na treva.
                Que mágoa volta
                E se conserva?

Sombra indistinta
De uma inquietude.
Que a esp'rança minta!
Já não ilude.

                Raio furtivo
                De vão socorro.
                Digam que vivo!...
                Eu sei que morro.

                1945

6

PRIMEIRO E ÚLTIMO SONETO DE AMOR

Não fales nunca mais dessa tortura
De um amor sem vontade nem desejo,
De negarmos a alma em cada beijo,
Só unidos na carne que procura.

Não fales da violência mais impura
De quantas se arrepende o nosso pejo
– A fraude de fazer de cada beijo
O sarcasmo da vida e da amargura.

Deste-te, dei-me, na avidez sem nome
De enganar com o vento a nossa sede,
De esmagar com a terra a nossa fome.

Não fales mais, não fales nunca mais!
Que nenhum pobre desespero excede
A maldição de sermos imortais.

1945

FADO DA VIDA AIRADA

Dêem-me uma guitarra
E uma réstea de luar,
Que eu vou como a cigarra
Esquecer numa farra
O que me faz chorar.

Esta mágoa que eu sinto
É mágoa de raiz,
Mas num cálix de absinto
Tudo se perde, extinto,
E eu posso ser feliz.

Anónimo e vulgar,
Vou-me esquecer na rua,
Entrar num lupanar,
Beber onde encontrar
E adormecer à lua.

Quem fala de virtude
E de fé que redime,
Ou à força se ilude
Ou não sentiu a rude
Ansiedade do crime.

O coração é um poço.
O luar é nostalgia.
À treva do só nosso
É vão qualquer esforço,
Pois nunca se faz dia!

Mas, contra a persistência
Atroz desta verdade,
Há o vinho, a demência,
Há toda a inconsciência
E toda a crueldade.

Há a sede que esmaga
E o vício que devora,
Entre um beijo e uma praga,
Um corpo que se paga
E uma mulher que chora.

Há o vinho salgado
E a fome em cada lar.
Há o tabaco ao lado,
E um espectro alucinado
Ao canto a vomitar.

Há o sorriso agudo
Do luar, hirto, sozinho...
Há, para quem viu tudo,
O rio largo e mudo
E o seu último vinho...

1948

8

RUA!... E LÁ VOU...

Rua!... E lá vou... Que importa a voz da malta,
A sua injúria torpe de canalha?
Lutei comigo e os louros da batalha
Deram-me esta indiferença antiga e alta.

Tudo ganhei, perdendo. O que me falta?
Fiz desta cicatriz uma medalha
E de uma dor subtil que me anavalha
O poema da lágrima que salta

Sem um grito, um soluço, uma agonia.
O meu sorriso é limpo de ironia,
Minha ansiedade calma e bensofrida.

Todos me clamam: Fora! Rua! Rua!...
Durmo nas valas, ao relento, à lua...
Mas vivo francamente a minha vida.

1946

FINITUDE

Eu não sou mais do que eu:
Um pedaço de breu
Erguido em sulcos vis de estátua nua,
Impudorosa e crua.

Meu destino é só este:
Ficar na confluência dos enganos,
Ouvindo a voz do vento, que me veste,
De pé, anos e anos…

Ter como prémio, ao fim, uma pazada
De terra, na valeta em que me deite,
Qualquer sinal de fé abandonada,
Qualquer piedoso olhar que não me enjeite…

E o esquecimento! A cal e o chão dos vermes,
O gozo da perpétua solitude,
Meus braços deslaçados, vãos, inermes…
Meu corpo sem beleza e sem virtude…

E, enfim, quando secar (será tão breve!)
No vosso rosto o orvalho da piedade,
E sobre mim cair o sol, e a neve,
E a cinza comovida da saudade,

Eu, somente eu, na gélida caveira,
Ajeitarei meu riso de proscrito...
E em mim lerão – suprema brincadeira –
O sinal do mistério e do infinito!

1947

10

XENOFOBIA

A boca sabe-me aos outros,
Sabe-me a tragédia alheia.

Meu corpo arranha-se a lepra
Dos podres que ressuscita.

Meus braços torcem-se os gestos
Dos gestos que outros deixaram.

E até meus pés que caminham
São cascos que me emprestaram!

Ah! não ser eu, eu, bem eu,
Tudo o que em mim me suplanta!...
Poeira amarga do céu,
Cinza de estrelas no breu,
Voz que rouqueja e não canta...

Mas não: arrasto cadeias
De ossos e de almas alheias,
Cantam-me estranhas sereias
Em mares de imaginação.
As legiões dos amigos,
Indiferentes e inimigos,
Com dentes podres e antigos,
Trincaram-me o coração.

Sou um sepulcro viajante,
Um copo de várias fezes,
Prostituta suplicante
A que, passando, a desprezes...

Cultura, cultura impura,
Bordeis de literatura,
Grinaldas da sepultura
De um talento nado - morto!
De que me servem teus brilhos,
Se envenenaste os meus filhos,
Ou se os amarraste aos trilhos
Da tua pele, que transporto?

A minha efígie é que eu quero:
Os meus olhos encovados,
Meu fruste riso severo
Em tristes lábios gretados,
A minha garganta presa,
Braços e pés desnorteados
A tactear na incerteza
O sulco dos seus pecados...

Esse que me anda nos becos,
Espezinhado ao sabor
De miseráveis bonecos,
A recordar-me o pudor.

Esse que a tempos me vibra,
Cruel, indómito e puro:
Nenhuma infâmia te livra
De que te chame perjuro!...

Ah! triste e macabro ofício
É o de andar-vos sorrindo
Sob os cancros do flagício
Do meu corpo alheio e lindo!
E de sentir vagamente
Que este vestir-me de alheio
Será mais meu, finalmente,
Que o eu que eu sou de permeio;

Que nesses restos de vis
Putrefacções e de escombros
É que germina, entre assombros,
Meu ser horrendo e profundo;
Ou então de vir a entender
Que o nosso ser e viver
É carregar sobre os ombros
Todas as cruzes do mundo;

Ou que este meu dia-a-dia,
Sem qualquer mais fantasia,
É viver na hipocrisia
De outros servir... e reinar...
– Mostrando na falsidade
Da alheia própria verdade
A triste necessidade
De me saber enganar!...

1947

II

ESTELAS

"Ó pedra pedra – pedra de alegria
Exasperada".

E. DE ANDRADE, *Matéria solar*, 19

1

NARRATIVA DA TRANSFIGURAÇÃO

I

Outrora...
Outrora compunha baladas e sonetos de amor,
E havia sonhos!... E era tudo melhor!...
Outrora havia luas, lagos, rios platinados,
E castelos nas margens e príncipes encantados...
Outrora vinham Romeu e Julieta ter comigo,
E Dom Diniz vinha dizer "cantares de amigo"...
Outrora... (soava um pouco, é certo, a João de Deus)
Outrora... Mas os versos eram "meus"!
Outrora...
Outrora não ria, não sentia, não amava, não chorava...
Então o que fazia outrora?
Imitava.

II

Depois... veio ou vim,
Veio o mundo ou vim eu,
Tudo se dissuadiu
E tudo se perdeu.
Os sonetos ficaram encaixilhados a um canto,
Os castelos, os príncipes, os lagos e as luas,
O grotesco Romeu e a Julieta,
Todo o arsenal do poeta,
Todas as manias, todas as patologias propriamente suas,
Cairam, ruiram como quadros de parede...
... E as paredes ficaram nuas!...

III

No meio delas, o menino foi crescendo,
Ele foi crescendo, lívido e horrendo:

Cresceram-lhe os pés desmesuradamente,
E ele começou a andar, a andar vertiginosamente...

Cresceram-lhe os braços, virgens de força e de disputa,
E ele começou a esbracejar a sua luta...

Cresceu-lhe o sexo, que era um botão de flor vergado,
E ele começou a repartir-se em cada lado...

Cresceu-lhe o ventre, o tórax, os pulmões,
Cresceu-lhe o coração, e as ambições,
Cresceu-lhe o sangue, a refluir em cada artéria...
E, desta força viva e disforme,
Viril, olímpica, sidéria,
Carnal, espiritual, presente ao mundo inteiro,
– Cresceu-lhe um Amor enorme,
Fraternalmente enorme e verdadeiro.

IV

E andou, andou, andou, quebrando o círculo quadrado,
Rasgou os pés do muito andado,
Deixou já atrás o Eldorado,
E, como prémio, leva asas em cada pé rasgado.

Os braços, entendeu-os sem cessar.
Tudo quis abarcar,
Tudo quis abraçar
– A terra, o oceano, o céu: o mundo e a vida toda...
E, em prémio, deram-lhe, ao findar,
Um arco-íris que abrange tudo à roda...

E a vida fecundou na força do seu sexo,
E tudo povoou do seu amplexo
Demorado, insistente, profundo, sem disfarce...
E, em troca, leva preso aos rins um diadema
Das flores dos frutos que semeou na face
Da terra viva o seu sagrado esperma.

E eis que, transfigurado,
Sublime num momento,
De mil sonhos toucado,
De mil vidas vestido
– Eis que dir-se-á, rasgando o firmamento,
Todo de lado a lado,
A figura do arcanjo prometido!

V

Luas, lagos, castelos, príncipes dormentes,
Meus sonetos de amor tão irrisórios,
Romeus e Julietas reviventes,
Pretextos dos meus versos transitórios!
Não vos cantarei mais, que a vida estua,
Que o tempo já não fia serenatas,
E os sofrimentos, desesperos, convulsões, que o mundo sua,
Não toleram, não mais, vossos sorrisos e cantatas.

É tempo de esquecer
Lirismos estafados e felizes,
E de sentir, de amar e compreender
A voz amordaçada das raízes,

– Que, para além de nós, da nossa falsa e quieta
Existência loquaz e presumida,
A humanidade sofre, a humanidade ordena, a humanidade
                                                          exige do poeta
Que saiba cumprir a Vida!

1947

2

FALA DOS CLARINS

Irmãos! Cantemos o requiem do velho mundo!
A velha bola rola a nossos pés para uma cova.
Já clareia nos astros o fecundo
Porvir da idade nova.

Já clareia o incêndio das cidades
Onde o carvalho abraça o vime pusilânime.
Abaixo as covardias e cumplicidades
Do velho orbe exânime!

Impõe-se a redenção austera da pureza.
Somos pelo que vem.
Mas somos simplesmente pela glória da grandeza
E não por mais ninguém.

Nem eles, que negoceiam vilanias
A troco de palavras bem-soantes,
Podem servir de lábaro e de guias
Às nossas caravelas e montantes.

Nem eles, não!, falsários encobertos,
Espoliadores da água mais pura
Que brotou das cidades e desertos,
Terão a nossa fé nunca perjura.

Oh! porque o mundo é grande e a vida nobre,
Mas, para além de tudo o que se espalma
De necessário ou vão, sobre isso, sobre,
Está o preço incógnito da alma!

1947

3

DANÇA DA PRIMAVERA

A Pimavera veio,
Veio cor dos teus lábios, cor dos teus cabelos,
Vermelha e fulva, veio à luz do dia
Estonteante e loira como um fauno,
Como uma orgia.

Ao longe bateram jazzes,
Ao perto oboés e flautas,
E ela surgiu do tempo como ilha aos nautas,
Num harpejo de brisas, túmida de sonho,
Rúbida e doce como um medronho.

Rasgaram-se véus de prata para a deixar passar
E ela entrou a dançar,
Entrou orientalmente,
Bíblica, leve como Salomé.
Escravos espalharam tulipas e verbenas,
Rebentaram camélias,
Floriram açucenas
No seu corpo nupcial ungido de aloé.

Para o poeta dançou
Em círculos doirados e perfumes raros
E numa salva argêntea lhe ofertou
Seus mimos de mulher mais finos e mais caros.
E assim coabitaram longamente
De mãos dadas, confiantes como noivos,
Entre música a jorros, vinho ardente
E pétalas de goivos.

1947

4

CÂNTICO

Foi numa tarde verde e cinza.
O sol era uma flor de espanto
No peito aberto e nu do céu deitado...
Caído aos pés, um manto,
Em ondas, verdes ondas, enrugado,
Ia tombar além no mar imenso e verde,
Verde, tremulamente verde, e rubro apenas
Nas coralinas, como um feixe de verbenas...

Raiavam nos teus olhos os confins da terra.
Havia a imensidão dos páramos-limites
No teu sorrir de lua que erra
Num lago, o rosto, entre o cabelo, estalactites...

E súbita,
Como um lírio enrolado,
A tua mão descia no teu braço,
Desabrochando em cada lado.
E a primaver nácar do teu seio
Surgia, insinuava-se numa bruma de segredos,
Mais forte, mais veemente, nesse tímido receio,
Do que a vergada poma aberta ao fogo dos meus dedos...

Cheiravas toda a nardo,
Como um sagrado cálix otomano,
Posta naquela essência verde e cinza de vitral parado
No peristilo azul do meu amor profano.

E eu, ao ver-te assim com olhos semi-cegos,
Não ajoelhei sequer: tomei-te nos meus braços,
Erguida como a flor ideal dos vasos gregos,
À altura dos meus beijos e cansaços.

E não foste rainha, não, mas só mulher,
Que o meu amor de vândalo sublime
Derrubou-te, venceu-te ao meu querer
Como um frágil, ao vento, e verde vime...

A tarde esmaeceu mais cinza esfarelada,
E a poeira dos sonhos envolveu, piedosa,
Na corola dos astros e da noite iriada,
A nossa primavera vitoriosa.

Tudo, à nossa volta, era um milagre-espasmo,
Pois já não éramos eu e tu os que noivavam,
Mas, no rude impudor do nosso rubro orgasmo,
Os séculos e os mundos se extasiavam.

Um frémito de origem veio do ultra-tempo,
Encheu a natureza inteira de saudade
E elevou-nos ao cume do seu templo
– Sacerdotes vestais da imensidade.

Teu céu foram-se os olhos fundos do mistério,
Teu plenilúnio a láctea luz do corpo desnudado
De cada astro em flor, e o ritmo sidério
Da tua voz, a voz do mundo deslumbrado.

E então, foi que, num gesto insigne, meiga e lesta,
A tua mão, jogando estrelas com estrelas,
Arrancou e colou em minha testa
A mais cruel e funda e bela das mais belas...

Tudo então se cumulou de uma essência diversa.
Não era a lírios, nem a nardo ou rosa virgem,
Era uma essência mística e submersa
Nos mistérios do Além: um perfume de origem.

Brindaram as florestas e os oceanos e os abismos.
Cantaram os mitos circundantes, e os divinos
Deuses fizeram trepidar alegres sismos,
Enquanto o vento ecoava e se rasgava em rasgos de hinos.

E a noite, mãos de cinza, apavorada,
Despertou, emergiu com despudor insonte,
Coruscante de estrelas, ofuscada,
Com mãos de oiro e de luar ungindo a tua fronte...

... Até que a madrugada alvoresceu.
Tu partiste nos véus da treva como um nume,
E foi então que a estrela ardente me doeu,
Me doeu, me doeu – punhal de amor e de ciúme.

Meus versos, desde aí, não são mais do que um rastro.
Ficaste, sonho ou mito, a transcender-me a vida inteira.
E eu ando a buscar-te, amor, de terra em terra e de astro
                                              em astro,
Porque tu és, tu és a Poesia verdadeira.

1947

5

CANTO A MEIA VOZ...

Naquela noite
– Primeira noite do nosso amor imortal –
Que tudo seja estranho e desigual!

Que a terra saiba a sangue e a pó queimado,
E um frio venha estiolar precocemente
As flores e as águas, como um signo de pecado!

E que lá fora estrujam vendavais,
Que a lua se perca nas encruzilhadas das nuvens,
Pesadas, roxas, como copos de punhais!

E que, em redor, os sismos dilacerem
As entranhas maternas do silêncio,
E que os tufões, a arder em gumes de ansiedade,
Deixem na boca dos desertos o presságio
Da nossa imortalidade!

Que tudo se queime, se consuma, se devore...
E o nosso amor seja um destino alheio
Que tudo ignore!...

Os mares em fogo darão ao nosso beijo sabor de sal
                                                                e chama,
Os campos devastados hão-de mandar-nos no vento
Um travo agreste e húmido de lama.

Nos teus cabelos, as minhas mãos hão-de achar as raízes
                                                arrancadas das florestas,
Nos teus seios, as empoladas ondas dos abismos marinhos,
No teu ventre, os silêncios ocultos dos subterrâneos violados,
E o meu olhar – nos teus olhos – a lua cheia sem caminhos...

Um perfume sem par se abrirá do teu corpo
– O de todas as flores mortas em ti renascidas,
E a água expulsa dos rios, em matutina frescura,
Virá cristalizar na tua alvura,
Fazendo-te sacrário de todas as purezas perdidas...

Serás, na tua forma, a estranha e bela imensidão.
E eu, no meu delírio espesso e sufocante,
A própria voz do Amor-Destruição.

Lavrarei nos teus bosques os incêndios ignorados,
Arrastarei nas planícies do teu ser as caravanas
Do meu cruel desejo;
Descerei ao teu âmago profundo,
Pálido e ardente, a desbravar mistérios
Da génese do mundo.

E quando, na eminência do meu beijo,
Te descerrar as portas do infinito,
Violentando, de um jacto, ante o mundo perplexo
(Pois tudo emudecerá à roda de nós ambos,
Como estava predito),
A urgente maravilha do teu sexo,
– Encontraremos, não mais esse minuto breve e escasso
Da banal contingência em cada homem,
Mas a vida desflorada num abraço,
Os desígnios do Amor que, a revibrar de espaço em espaço,
Em nós se imortalizam e consomem.

1947

6

SUBIREMOS O GÓLGOTA DE MÃOS DADAS...

Firmes, subiremos o Gólgota de mãos dadas.
E, se vierem granadas,
Deitados nas escarpas, ouviremos o silêncio das raízes.
Homens de todos os países,
Gentes de todas as raças,
Hão-de pedir que Te julguem os vaticínios das massas,
E hão-de lembrar-lhes: Cárcere ou Hospício,
E este como benefício!
E porque nos verão seguir intactos,
Hão-de fazer entre si pactos
De vida e morte contra este plano de Aventura.
Virão à nossa procura,
Virão por mares e por montes,
Encruzilhadas e pontes,
Virão com juízes, prostitutas e soldados,
De todas as maneiras e de todos os lados,
Para deter o nosso rumo ascensional...
Só porque Tu não és mortal!
Só porque Tu és grande, mesmo vergado e prostrado na Tua
               cruz risível,
Só porque Tu és grande e belo, mesmo escarrado
          e irreconhecível!...
Mas porque sabem também
Que esta subida não pára serra além;
Que continuas e continuarei,
À fé que Te jurei;
Que nós continuamos com certeza,
Além do escárneo e da frieza,
Além da injúria, e sobretudo além
Da imensa hipocrisia
Que Te corrompe,

Inventa
E calunia...
E que por nós esperam multidões,
Bramantes, enjauladas como leões
Na terra das prisões;
Que esperam condenados,
Rasgados, vergastados, amarrados
Ao fuzil dos soldados;
Que esperam os famintos,
Que esperam as crianças,
E que a Justiça ordena
E a Caridade implora:
Um mundo inteiro que pragueja e pena,
Se agita e chora.

E que tudo se perde e se desfaz,
Que as estruturas cedem e resvalam
E as sociedades rolam,
E que as doutrinas, boas ou más,
Todas se estiolam,
Todas se calam...
E que o universo inteiro passa e fende –
Só Tu, vivo, profundo, singular,
Na aspiração longínqua que Te prende,
– Só Tu não podes parar!

1947

7

BACANAL

Sus, ó chacais e lobos, vinde em roda!
Sus, ó escroques, ó mulheres da moda,
Dândis, cocotes, povo das sargetas,
Amigos de horas fartas!
Vinde, com mil tambores, palhaços e trombetas,
E armas de anatomia, agulhas e lancetas,
Todos à roda e jogando
Jogando cartas!

Quero uma bacanal autêntica de reis,
Com pratos naturais e vinhos da nação!
Sentai-vos em redor, vós que em redor viveis,
E entre lírios vermelhos, hurras! e ouropeis,
Comece a operação!

Primeiro a cirurgia, a ciência, é o que vos peço,
Homens de cara falsa e riso avesso,
Mestres da hipocrisia,
Doutores da faculdade autêntica da vida!
Com vossas mãos certeiras nesta mesa rara,
Armoreada mesa que me deram pais
– Braços e pernas e cabeça e mais –
Talhada em branco mármore de Carrara,
Listrada de arabescos, concebida
De nervos e de vísceras com fezes,
Executai, senhores, com vossas mãos certeiras,
O que se diz nas teses,
Cortando, escalpelando e rasgando caveiras!

E o vosso olhar de lince, ao ver-me,
Minha rasgada derme,
Meu triturado corpo inerme,
Há-de aguçar-se como alfange de moirama,
Vendo o meu sangue lúcido e vermelho
Que se derrama!

Que carnaval, amigos, o meu corpo hiante,
Que vinho fresco e rubro, que espumante
Natural, o meu sangue em catadupas!
Atirai fora as lupas,
Atirai fora agulhas e lancetas,
Bebei, bebei, amigos, vilanagem,
E que lá fora toquem tímbalos, trombetas,
E haja gritos de gozo e hurras! de homenagem!

Belo respasto para a vossa roda,
Que grande bebedeira
De escroques, de bandidos, de mulheres da moda,
De dândis, de cocotes e da vida inteira!
E que vingança a minha, que extrema vindicta,
É dar-vos a comer a carne da desdita,
É dar-vos a beber, de vez, de vez que farte,
Este meu sangue rubro como Marte,
Enquanto em sacrifício eu agonizo, langue,
Trincado, triturado, desmembrado, exangue,
Mas livre como os hinos, clara como os espelhos,
A minh' alma se esvai, entre lírios vermelhos!

                                                    1947

8

VESPERAL

Ó abismos da noite, roxos limbos
Desta mortal agonia!
Que soluços velados como nimbos
Os tímpanos do luar recolhem em vigia?

Ir de longe, ir de largo, olhos nos dedos,
E os verdadeiros, cegos mas felizes,
Só, através de todos os segredos,
À procura de todos os matizes!...

Que solicitações nos insinua
Essa nocturna, horizontal serpente,
Com o seu vítreo olhar de lua
Fito perversamente?

Que sacrilégios, que sadismos, que demências,
Em feixe nos entrega às mãos abandonadas,
Prontas a todas as violências
Ou a todos os nadas?...

Nas páginas do vento há cabelos de aromas,
Secos, finos, como vestígios de amorosas.
E as árvores tremem, tremem como pomas.
E beijam-se ao luar sáficas rosas.

As estrelas abriram
Sua frágil nudez intermitente
Em oceanos que as nuvens dividiram
Como um frio e pesado continente.

E o mar, onda que foi, onda que veio,
Em reversível, circular encanto,
Põe neste filtro de nocturno enleio
Um gosto de coral e de amaranto…

Grande taça da noite à beira dos meus lábios.
Beber-te, oh! sim, beber-te até ao fundo,
Veneno dos poetas e dos sábios
Desde o princípio do mundo!

Beber-te, sim, vinho febril do sul,
Com os filtros que inéditos escondas.
Ó noite, ó noite, ó mar do rei de Tule
Com a taça da lua a boiar sobre as ondas!…

Mas, verticais e inseguros,
Como paredes de palácio em sismo,
Os bosques prendem-me, guardas escuros
Da minha sede de abismo.

E eu fico-me, fitando a flutuante
Camélia dessa taça sobre o mar,
Vendo-a quase sumir-se, nau distante
Daquele passado que não quis guardar.

E eu fico, eu próprio o rei da velha história,
O rei depois de todos os banquetes,
Que em voluntário gesto arrancou a memória
E a lançou ao Letes.

Memória a arder de sonhos e de vícios,
Turíbulo de cinzas incensantes,
Em que os círculos vivos são cilícios
Dos corpos perfumados das amantes.

Eu rei na hora do arrependimento,
Que, nessa taça de oiro submergida,
Julga ver naufragada num momento
A lembrança da vida...

Mas uma gota presa, oh! uma, apenas,
Nos seus lábios indecisos,
Faz reflorir de súbito as verbenas
Dos erros e sorrisos.

E então descobre, supreendidamente,
Que mesmo assim despido como Job,
Para que tudo volte a ser presente
Basta uma lágrima só.

Um orvalho de cálidos martírios
– Uma só, e as mãos esquálidas e severas
Reviverão como os lírios
Nas primaveras.

Uma só... e a noite há-de enlaçar-nos com seus cintos
De solicitações e de harmonias.
E aos lábios volta a sede dos absintos
E a volúpia dos dias!...

Ah! rei, ah! rei por ti mesmo logrado!
Inútil sacrifício
O de secares as fontes do passado
Para vencer o vício.

O de enterrares as coisas e as figuras
Nesse sepulcro do esquecimento,
Se as tuas mãos são impuras,
E, não tendo sedas nem corpos, darás carícias ao vento.

Se os teus beijos semearás, boca sequiosa,
Onde quer que de amor haja denúncia,
E se o vício floriu como uma rosa
A tua própria renúncia.

Se, apesar do castigo das palavras
E até da lucidez da melodia,
São cristais de volúpia os versos que tu lavras
E a tua própria poesia!...

1951

9

RENOVO

Prazer
De ir ao longo das ruas saudado pela carícia azul das glicínias,
Como grandes candelabros vivos que, a cada canto,
                             acendessem a medo
Suas luzes de ténue melancolia.
Prazer
De, a cada cesto de vime que transporta flores campestres,
Sentir que a Primavera nos diz à porta: Bom dia!,
Na sua voz de impúbere segredo,
Mas alegre e bravia.

Prazer
De topar com a vida a cada passo,
No mais discreto e imprevenido traço
Que a verdura renova.
E de sentir em volta a natureza inteira
Num ar de boda ou baptizado ou feira
Ou de camisa nova.

Prazer
De ver as pedras secas nos caminhos,
E verdes os espinhos!
De o sol campear como um garoto imenso
Que acena a toda a gente, rica ou pobre,
Com o gesto mais nobre
Do seu lenço.

Prazer
De as sombras serem sombras e mais belas,
Estrelando-se em nítidas estrelas
Como timbres de escudo.
E de os regatos não parecerem regatos, mas cardumes
                                   de peixes correntes,
E de as fontes parecerem serpentes,
E de, na montra da praia, o mar se expor como um veludo...

Prazer
Desta linha sensual e fina do horizonte
Em que se vê pensar, como uma fronte,
A viva natureza.
E daquela nuvem tão casual como um acaso de poesia
Que põe uma tão lúcida ironia
Nessa grave beleza.

Prazer
Do gesto de Narciso com que fitaste há pouco um arbusto
                                   fremente,
De te sentires irmão do que é vivente
– Tu mesmo, rejuvenescido e natural.
E de, ao veres no cristal,
Em vez desse teu rosto, um jovem rosto alheio,
E, em vez do teu sorriso, um sorriso que veio
Desabrochar feliz como um junquilho,
Te olhares a ti com o olhar surpreendido,
Enamorado, preso e comovido,
De quem olhasse um filho!

1951

10

NEM SEQUER JÁ AMOR...

Nem sequer já amor.
Tudo é proibido, condenado, exorcismado.
Nem sequer já amor.
Era a última esperança, a última fé para cada um dos homens.
 Os homens estavam pobres, estavam presos, estavam
            infelizes, há muito tempo estavam infelizes...
Tinham sofrido muitas renúncias, muitos malogros e vexames,
De muitas e variadas maneiras eram infelizes...
Mas no fundo de cada homem havia essa luzinha minúscula,
Essa luzinha bruxuleante que cada homem trazia na concha
                              mais íntima do peito,
No lugar menos batido dos ventos, menos exposto, mais
                                       protegido,
Mais ciosa e amorosamente protegido.
Era preciso resguardá-la de tudo – das fúrias externas
                  e até das fúrias internas,
– Dessas vagas de desespero que surdem a certas horas do dia
E bramem como um chicote em cada silêncio.
Tão difícil era protegê-la, tão extremamente difícil!
Mas cada homem protegia-a como um amuleto, como um
                  retrato de família, como uma medalha,
Protegia-a, sabendo que se ia tornando continuamente
                                    mais forte
E que viria uma noite em que a sua chama se elevaria
Como um arco-íris, como um horizonte em volta do mundo.
Era como trazer uma pétala de oiro, uma folha de sol,
                  uma semente de alvorada...
Como trazer uma gota de seiva do futuro...

Mas ergueram um muro!
Mas cavaram um fosso de desconfiança e hipocrisia
De homem a homem, como uma névoa intransponível!
De pais a filhos deixou de haver mãos que se enlaçam,
Gestos de rogo, de bênção, inteligência de olhos simples,
Húmidas formas de explosão de alegria.
Dedos de irmãos não se sentiram mais raízes,
Subterrâneas pontes da mesma geometria de árvore única,
Folhas e flores do mesmo ramo e mesmo rito.
De noivo a noivo nenhuma promessa pôde trocar-se
Ainda intacta de usuras, de premeditações, de violações
          inconscientes,
Nenhum anel, nenhum leito deixou jamais de ser impuro,
Mero suporte ocasional de um corpo-a-corpo.
De amigo a amigo, de próximo a próximo, de estranho
          a estranho,
Nenhum elo – nem o simples elo do mesmo nascer dos cabelos,
Do mesmo despontar dos cabelos nas mesmas têmporas
          inevitavelmente grisalhas
Com os mesmos anos, do mesmo marulho das veias
Nos mesmos pulsos – ficou de pé de homem para homem...
Nenhuma nave, nenhum arco, nenhuma asa tremulante
– Ponta de lenço –, nenhuma música invisível...

Breve não poderemos reconhecer-nos.
Breve esqueceremos as sombras que desenhamos ainda,
O próprio rictus dos lábios, o próprio sulco das lágrimas,
O próprio eco das próprias palavras quotidianas...
Breve não terá mais sentido a humanidade de cada um de nós,
Nem este jeito que conservamos a medo
De opor ao vento o vime estéril deste orgulho!
Se não dissiparmos a poeira, se não varrermos a poeira,
Que nos vai construindo, convertendo em estátuas vivas
– Ocas estátuas de solidão e de ignomínia –,
Se não varrermos a poeira, estaremos perdidos para sempre!
É preciso, é preciso romper o muro que nos cerca,
Reinventar as palavras odiosamente corrompidas,
Reinventar os afectos, reinventar o próprio rosto,
Reinventar esta seiva de mão a mão, de braço a braço,
É preciso, é preciso, irmãos fraternos no meu ódio!,
Reinventar, reinventar o próprio Amor!...

1959

III

CODA

"Este é o tempo em que os homens renunciam"
S. M. B̲e̲y̲n̲e̲r̲, *Este é o tempo*, in *Antologia*

1

CANÇÃO TRISTE

Partir – não quero partir.
Ficar – eu não sei ficar.
E se a treva me fugir
E o dia me abandonar,
Se a manhã não for cumprida
E a tarde for enganada,
A minha fé iludida
E a esperança lograda,
Se a estrada da minha vida
Já não tiver mais estrada,

Deixai-me, braços ao vento,
Como uma estrela parada,
Sem rota no firmamento.

Deixai-me, cruz ao sol posto,
Mas cruz por abençoar,
Duas lágrimas no rosto,
Somente, para chorar...

Poesia – triste enredo
De palavras sem conforto.
Um cicio no arvoredo
De alguém que treme de medo
Até cair, frio e morto...

Amor – funesta ilusão
De sermos, além de nós,
Uma outra comoção
Num alheio coração,
Tremura numa outra voz...

Vida – pretexto de andar
Dias e dias sem fito,
E de sonhar e cantar
Um outro modo de andar
Num mundo menos restrito.

Fé – esse sonho ou loucura
Que embriaga como vinho
E nos diz que esta procura
Vazia, rasteira, impura,
É, na verdade, um caminho!

Morte, sim, essa é certeza
De que tem de refluir
Ao grude da natureza
Até a asa mais presa
No sonho de se evadir...

E aqui vou... Dedos partidos
Como folhas agitadas.
Cá vou, entregue aos sentidos
– Minhas feras indomadas!
Prossigo. Levo na boca
O meu inútil sorriso,
Que nenhum inferno evoca
Como nenhum paraíso.

O pão acre da poesia
Ficará para os que o comem.

O engano fruste do amor
Para quem queira enganar-se.

Minha fé, ou covardia,
Meu cajado e meu disfarce,
Meu bálsamo e meu suor,
Para os que sintam temor
De ser homem...

Só a vida e o seu castigo,
A solidão e o seu travo,
É que tomarei comigo
Sem raiva nem azedume,
Como quem busca um abrigo
No seu destino de escravo,
Ou a semente lançada
Que sobre a terra lavrada
Se afeiçoasse ao estrume.

Partir – não quero partir.
Ficar – eu não sei ficar.
E se a treva me fugir
E o dia me abandonar,
Se a manhã não for cumprida
E a tarde for enganada,
A minha fé iludida
E a esperança lograda,
Se a estrada da minha vida
Já não tiver mais estrada,

Deixai-me, braços ao vento,
Como uma estrela parada,
Sem rota no firmamento.

Deixai-me, cruz ao sol posto,
Mas cruz por abençoar,
Duas lágrimas no rosto,
Somente, para chorar...

1951

2

GRANDE NOCTURNO

A canção da meia-noite,
De todas a mais plangente,
Envenenou-me de sonho,
Deixou-me triste e doente.

Voz de soluços feridos,
De pássaros embruxados,
De luas agonizantes,
De mudos lábios cerrados.

Voz de ternuras insones
E de caprichos violentos,
Voz das fontes e dos rios,
Das árvores e dos ventos.

Voz que envenena e corrompe,
Que surpreende e desgarra,
Raiz do fundo da terra,
Voz que fica, voz que amarra.

Voz de cinza, voz de cinza,
Alucinada de estrelas…
Quem não aprende a apagá-las,
Já não aprende a acendê-las!

Os mortos dançam à roda
Dos brancos túmulos frios
Canções de brumas espessas,
Sob ciprestes esguios.

Tímidos loucos e poetas,
De vagos olhos imensos,
Cantam canções de amargura
Em verdes jardins suspensos.

E mudas aves nocturnas
Como anjos tresnoitados
Erram nas folhas dos bosques
Com medo dos namorados.

Voz das fontes, voz das fontes,
Com verdes limos pendidos
Como braços de afogados
Em poços desconhecidos.

Voz dos ventos, voz dos ventos,
Jorro de espumas indecisas,
Jogo de ramos e rastos,
Rimas e ritmos de brisas.

E vós, serpentes das águas,
Rios correndo entrançados,
De vale em vale estendidos
Como cordas de enforcados!

Ó noite, ó águia de sonho,
Turbilhão de astros e medos,
Que na vertigem me arrastas
De imprevisíveis segredos,

Recebe, estranho Ganímedes,
Nas garras frias da treva,
O meu coração cansado
Com todo o sonho que leva.

Com este peso de enganos
E de quimeras insontes,
– Eu já rolando nos rios
E despertando nas fontes,

Eu balouçado nas brisas
E apunhalado nos ventos,
– Maduro fruto gerado
De alegrias e tormentos.

Em cada árvore das nuvens,
As estrelas, como opalas,
Esperam que este meu pólen
Suba para fecundá-las.

A rosa virgem da lua,
Adolescência da aurora,
Espera deste meu canto
A dor viril que a desflora.

E a voz secreta dos lírios
Que se debruçam nos hortos
Acesos de vagalumes,
De olhos silentes e absortos,

Toda a amargura sem termo
Das coisas grandes e pequenas –
– Espera só que eu, fraterno,
Comungue das suas penas.

Ó ânsias de Prometeu
Que só a noite sugere!
Noite, meu copo de absinto
Para que não desespere,

Para que não desfaleça
Aos látegos da razão,
E tenha de vez em quando
Minhas férias de ilusão.

Ó noite, protesto ardente
De um coração prisioneiro
Que dá mil voltas ao mundo
Sem nunca achar paradeiro,

E a quem a cúmplice treva,
Em frios dedos serenos,
Serve o filtro alucinante
Dos seus místicos venenos,

E que se entrega ao mistério
Como quem se suicida,
Tão alheio a todo o lucro
Como cansado da vida,

Mas a que indícios dispersos
Desse mistério selado,
Brilhando como destroços
De estranho fecho quebrado,

Esses alfas e omegas
Suspensos de cada olhar
Com que nos fitam os seres
Sob a vigília do luar,

Em cada ritmo dos ventos,
Em cada curva dos rios,
Em cada canção das fontes,
Tão tácitos e tão frios,

Suscitam continuamente
Essa peregrina fome
De desvendar o segredo
Da natureza sem nome,

E de ao anel inconsútil
Da grande vida dormente
Arrancar o sigla de oiro
Do passado e do presente,

Ou, afastando de um golpe,
Com mãos de cósmico insulto,
O véu de nuvens espessas
Onde se agita em tumulto,

Roubar ao peito dos astros
O coração do universo!
E, sob a noite piedosa,
Adormecê-lo num verso
Como se fosse uma rosa.

1959

3

DE SONETO A SONETO

Os ciprestes bem acenam,
Mas o céu não lhes responde,
Ou lhes responde que não!

J. Régio, **Caos** *in*
As encruzilhadas de Deus

Roi-me nos ossos verde, virulento,
Verme de musgo como um sobressalto.
Estou ficando cada vez mais alto
E mais exígua a sombra que sustento.

Raízes que me esquecem e acrescento
Como um instinto crispam-se no asfalto.
Estou ficando cada vez mais alto
E o céu perfuro em vão como um lamento.

Asas alheias doem-me nos ombros.
Ó astros, nuvens, trémulos assombros,
Dedo que sou, ah! nunca vos descerra.

Nunca vos chego, roço ou despedaço!
Ó raio, ó noite, ó vento, arma o teu braço
De um golpe seco, atira-me por terra!

1959

TÁBUA

Dedicatória	5
Nótula	7
I – *Fósseis*	13
1. Início	15
2. Minuto	17
3. Estrelas do teu sorriso	19
4. Terra de ninguém	23
5. Intervalo	25
6. Primeiro e último soneto de amor	27
7. Fado da vida airada	29
8. Rua!... E lá vou...	31
9. Finitude	33
10. Xenofobia	35
II – *Estelas*	39
1. Narrativa da transfiguração	41
2. Fala dos clarins	45
3. Dança da Primavera	47
4. Cântico	49
5. Canto a meia voz...	53
6. Subiremos o Gólgota de mãos dadas...	57
7. Bacanal	59
8. Vesperal	61
9. Renovo	65
10. Nem sequer já amor	67
III – *Coda*	71
1. Canção triste	73
2. Grande nocturno	77
3. De soneto a soneto	83
Tábua	85